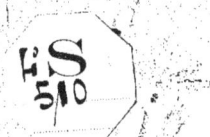

NOTES

SUR RIO-TINTO

PAR

E. CUMENGE

INGÉNIEUR DES MINES

PIÈCES-ANNEXES

PARIS

IMPRIMERIE CHAIX

IMPRIMERIE ET LIBRAIRIE CENTRALES DES CHEMINS DE FER

SOCIÉTÉ ANONYME

Rue Bergère, 20, près du boulevard Montmartre

1883

NOTES

SUR RIO-TINTO

PAR

E. CUMENGE

INGÉNIEUR DES MINES

PIÈCES-ANNEXES

PARIS

IMPRIMERIE CHAIX

IMPRIMERIE ET LIBRAIRIE CENTRALES DES CHEMINS DE FER

SOCIÉTÉ ANONYME

Rue Bergère, 20, près du boulevard Montmartre

1883

PIÈCES ANNEXES

A. — Théorie géologique, plan et coupes.
B. — Composition chimique des minerais et des produits.
C. — Calcul des déblais.
D. — Calcul détaillé des prix de revient.
E. — Théorie du nouveau procédé.
F. — Divers.

ERRATUM DES NOTES

Page 45, ligne dernière, au lieu de :

580,000 tonnes de minerai à 27 sch., 378,000 l. st.

Lire : 280,000 tonnes de minerai à 27 sch., 378,000 l. st.

NOTES
SUR RIO-TINTO

A

Théorie géologique.

Le territoire de la province d'Huelva est constitué par des terrains schisteux avec *grawackes* intercalés. Ces schistes amorphes rapportés autrefois, par M. de Verneuil, à l'étage silurien, ont été reconnus depuis comme appartenant au *Calcaire carbonifère* et comme l'équivalent synchronique du *Culm* des bords du Rhin.

La détermination des fossiles que nous avons recueillis nous-même dans les environs du gisement de Rio-Tinto, ne laisse pas de doutes à cet égard.

Ils appartiennent aux genres et espèces *Posidonia Escheri*, *Goniatites Cubicus*, *Goniatites Striatus*, toutes caractéristiques du *Culm* qui représente en Allemagne la base du terrain carbonifère.

Ces schistes ont été redressés et plissés par de puissantes éruptions de roches granitiques qui forment l'ossature de la *Sierra-Morena* et qui sont à une grande distance.

Postérieurement aux plissements des schistes sont apparus des porphyres quartzifères que leur nature lithologique et leur constitution minéralogique permettent de rapporter avec une grande netteté à la fin de l'Époque houillère.

Ils peuvent être *parallélisés* d'une façon absolue avec le porphyre noir du département de la Loire dont l'âge a été déterminé par les beaux travaux de M Gruner.

Les gîtes de cuivre sont postérieurs à ces porphyres et représentent sans doute 'a phase hydrothermale de l'éruption dont les roches feldspathiques avaient constitué la phase ignée. Ils doivent d'être rapportés à l'époque *Permienne*, et il est probable qu'ils constituent dans la péninsule Ibérique l'équivalent des schistes cuivreux du Mansfeld, et des grès imprégnés de mouches cuivreuses de la Corrèze, de la Sarre, des bords du Rhin et de l'Oural.

En France comme en Russie, les émanations cuivreuses ont été sous-marines et ont pu, par suite, se répandre uniformément à l'état d'imprégnation dans les sables ou les argiles qui formaient en ce moment le fond des bassins, et qui ultérieurement émergés sont devenus les schistes cuivreux du Mansfeld, ou les grès imprégnés de la Moselle et de la Sarre. Dans le Sud de l'Espagne, au contraire, les émanations cuivreuses ont trouvé, pour arriver au jour, des fentes au milieu de terrains émergés; elles ont alors tapissé ces fissures ou les ont injectées en constituant soit des filons minces, soit d'énormes amas filoniens suivant l'ampleur de la fracture primitive et l'intensité de l'injection métallifère. Aux portes de Sóville, près de Valverde et dans la région au Nord de Rio-Tinto, on rencontre des filons cuivreux de dimensions réduites. Dans le centre de l'éruption se manifestent les énormes fractures et les prodigieux remplissages qui font l'objet de cette étude.

Nous n'avons parlé que de la pyrite de cuivre; dans tous les gîtes, elle a été accompagnée de la pyrite de fer qui, dans les fissures minces, s'étage dans le sens de la hauteur et se substitue peu à peu à la pyrite cuivreuse en profondeur, tandis que dans les grands amas filoniens la pyrite de fer est arrivée jusqu'au jour et constitue le *Magma*, dans lequel la pyrite de cuivre forme des mouches ou des veinules. Cette masse métallifère injectée est analogue aux *mattes* métallurgiques actuelles, bien qu'elle ne soit probablement pas un produit de fusion, mais de dissolution hydrothermale de sulfures, effectuée dans des *conditions géologiques*, c'est-à-dire avec des températures, des pressions et des dissolvants qui ne sont pas à notre portée.

En raison des dimensions énormes des filons de Rio-Tinto et de la venue confuse qu'atteste leur structure, il ne faudrait pas conclure de ce que nous venons de dire qu'il y a lieu de craindre un appauvrissement en profondeur. Pour des filons de cette taille, un étage de 90 à 100 mètres au-dessous de l'étage actuel, c'est-à-dire un avenir séculaire, ne constitue pas la profondeur dans le sens géologique du mot, et on a vu par les notes précédentes que l'enrichissement dans cette nouvelle zone souterraine était au contraire prouvé dans le point exploré.

Les phénomènes postérieurs à la venue des pyrites se rapportent à deux ordres d'idées : l'action de soulèvements plus récents qui a produit des fissures nouvelles dans la masse filonienne et l'action des agents atmosphériques qui a produit l'oxydation des pyrites dans le chapeau de fer.

Les pyrites ont-elles subi une combustion lente sous l'influence combinée de l'air et des eaux d'infiltration jusqu'au niveau hydrostatique de ces dernières? Cette opinion paraît admissible puisque l'on observe que le niveau du minerai est le même dans une même région, quelle que soit l'amplitude des filons de cette région. Cette action, d'ailleurs, a été très lente et a commencé dès l'époque où le sol a eu son relief actuel et s'est prolongée jusqu'à nos jours.

On en a la preuve dans le fait qu'il s'est produit quelque chose d'analogue à l'opération industrielle qu'on leur fait actuellement subir, puisque le cuivre a totalement disparu du chapeau de fer, à l'état de sulfate soluble entraîné par les eaux atmosphériques, ou concentré par une réaction électrochimique à la surface supérieure du minerai pyriteux à l'état de négrillo ou sulfure noir de cuivre.

Pour continuer l'énumération des phénomènes géologiques que présente cette curieuse contrée, nous signalerons une formation d'âge très moderne qui a recouvert d'une couche horizontale, de 3 à 4 mètres de puissance, le schiste ardoisier au sud du gisement, et qui, sous le nom de *Mesa de los Pinos*, est exploitée comme minerai de fer. Des empreintes de feuilles et de fruits de pins pignons que nous y avons rencontrées témoignent de sa formation très récente.

Les minerais cuivreux et pyriteux ne sont pas les seuls que l'on trouve dans le remplissage des grands filons de Rio-Tinto; on y rencontre subsidiairement des veinules et des mouches de *cuivre gris*, de *phillipsite*, de *blende*, de *galène*, qui semblent constituer un remplissage postérieur et distinct de celui de la masse principale. Nous pensons qu'il faut rapprocher l'arrivée de ces minerais de l'éruption de roches *Trappéennes*, d'un âge beaucoup plus récent que les porphyres, et que l'on voit affleurer entre le *cerro Colorado* et le *cerro Salomon;* les fractures produites dans la masse de la pyrite ayant été postérieurement remplies par des émanations hydrothermales métalliques et siliceuses qui ont produit les espèces minérales indiquées et déposé le quartz grenu spécial qui leur est associé.

Cette éruption de *Trapp* est probablement aussi en relation avec le *brouillage* observé dans la partie correspondante du filon *San-Dionisio*, dans laquelle le remplissage pyriteux est accompagné de fragments de porphyre et de schistes dus aux roches encaissantes.

Nous avons rapporté nos observations géologiques sur une carte à l'échelle $\frac{1}{15000}$ qui accompagne notre travail; elle a été réduite d'après la carte dressée par les ingénieurs espagnols Anciola et Cossio avant la cession des mines à la Compagnie.

Les courbes de niveau sont distantes de 5 mètres; le tracé des filons est le résultat des données actuelles.

B.

Composition chimique des minerais et des produits.

Nous donnons ci-après les analyses complètes des minerais de Rio-Tinto et de quelques produits dérivés.

La première de ces analyses a déjà été publiée, les autres sont dues aux communications qui nous ont été faites, ou ont été le résultat de notre propre travail.

1° Analyse d'une pyrite de Rio-Tinto, minerai destiné à l'exportation :

Soufre.	48 0/0
Fer	40
Cuivre.	3.42
Plomb.	0.82
Zinc.	traces
Chaux.	0.21
Magnésie.	0.08
Thalium	traces
Arsenic	0.21
Partie insoluble.	5.67
Oxygène	·0.09
	98.50

2° Analyse donnant le poids de toutes les matières contenues dans une tonne de 1,000 kilogrammes de pyrite de Rio-Tinto destinée à l'exportation :

Kilogrammes.

Soufre	477.6
Fer	439.9

Cuivre.	36.9
Arsenic.	8.3
Bismuth	3.7
Zinc.	2.4
Plomb.	1
Cobalt	0.5
Chaux.	2.3
Magnésie.	0.7
Silice	19.9
Humidité.	4.8
Sélénium.) Thalium.)	traces non dosées.
Argent.	40 grammes.
Or.	892 milligrammes.

3° *Essai suivant la* méthode mixte *de Rivot, exécuté par nous sur un échantillon composé de* 1/3 *de minerai d'exportation et* 2/3 *de minerai à traiter sur place :*

Argent, 70 grammes à la tonne.

Nota. — Ce mode d'essai donne des résultats plus exacts que l'essai par *voie sèche* ordinaire, surtout lorsqu'on l'applique à des minerais pyriteux aussi compliqués que ceux de Rio-Tinto.

4° *Analyse complète du minerai de fer de la* Mesa de los Pinos *exécutée par nous sur une prise d'essai prélevée en 1879 :*

Fer métallique	62.61	0/0
Manganèse	néant	
Silice	1	
Chaux	néant	
Alumine	traces	
Oxygène de l'oxyde de fer.	26	
A reporter	89.61	

Report	89.61
Perte au feu	7.50
Soufre	0.15
Phosphore	0.008
	98.268

5° *Analyse d'une* matte *provenant de la fusion au four à manche des minerais riches du San-Dionisio effectuée par nous :*

Cuivre	46.60 0/0
Fer	26.74
Plomb	3.30
Soufre	21.28
Arsenic	0.26
Silice	0.80
	98.98

Argent : 320 grammes à la tonne ; Or : 4 grammes à la tonne.

6° *Analyse complète d'un* cément complexe *obtenu dans la précipitation par la fonte des eaux de lavage des* tereros espagnols, *au moyen de sels ferriques et alcalins :*

Argent	2.35 0/0
Cuivre	51.90
Plomb	1.45
Bismuth	4.95
Fer	7
Antimoine	0.50
Arsenic	2.95
Soufre	5.10
Chaux	0.60
Chlorure de sodium . . .	0.40
A reporter	77.20

Report	77.20
Sulfate de soude	1.40
Sable . . . . :	5
Charbon.. . . . . : . .	0.40
Oxygène et perte	16

provenant de la fonte.

100.00

7° *Analyse d'un échantillon de* purple-ore *ou* blue-billy, *minerai de fer provenant du traitement des pyrites. Résidu de la fabrication après l'utilisation du soufre et l'extraction du cuivre et de l'argent :*

Fer	65.5 0/0
Plomb	1.88
Cuivre.	0.12
Zinc.	traces.
Soufre	0.05
Arsenic	0.20
Acide sulfurique	0.725
Partie insoluble.	2.60
Traces d'alcali, oxygène et	
perte.	28.925

100.

Cette dernière analyse nous a été communiquée par le docteur Fabian, directeur de la *Duisburger Kupferthütte*.

C.

Calcul des déblais.

Le calcul des déblais a été effectué d'après un plan à grande échelle ($\frac{1}{500}$) montrant les coupes transversales du *ciel ouvert* de 25 en 25 mètres; ces coupes ont été réduites et figurent en partie dans la planche 2. Elles se rapportent au 1er janvier 1882 et montrent le relief du terrain à l'origine, le déblai et l'exploitation en gradins, et la masse de minerai existante à cette époque. Les contours du minerai ne sont pas hypothétiques, mais la représentation exacte des relevés exécutés par les travaux de reconnaissance, poussés à chaque étage vers le toit et vers le mur du filon, jusqu'à la salbande.

En prenant pour point de départ l'ancien puits Innocente et négligeant toute la partie à l'est de ce point 0, pour ne compter que 375 mètres à l'ouest qui est la limite ouest du *ciel ouvert*, notre calcul s'est porté sur 16 coupes espacées l'une de l'autre de 25 mètres. Dans chacune d'elles nous avons calculé la surface correspondant : 1° au minerai ; 2° au déblai total effectué ; 3° au déblai restant à faire pour enlever la totalité du minerai jusqu'au plan de niveau du grand tunnel de la station.

Nous en avons déduit dans chaque cas la surface moyenne des sections, d'où résultent les chiffres suivants :

Surface moyenne de la section du minerai = 3,313 mètres carrés.

Surface moyenne de la section des déblais effectués = 6,875 mètres carrés.

Surface moyenne de la section des déblais à faire = 3,375 mètres carrés.

Pour calculer le tonnage du minerai existant, il suffit de se rappeler que la densité théorique de la pyrite de fer est de 5. Nous ne la porterons qu'à 4.75 pour plus de sûreté, et nous arriverons aux résultats suivants :

$$3,313^{mc} \text{ (surface moyenne)} \times 375 \text{ (longueur considérée)} \times 4.75$$
$$\text{(densité)} = 4,901,271 \text{ tonnes.}$$

Quant au cube des déblais effectués, leur total est de :
$$6,875 \times 375 = 2,578,125 \text{ mètres cubes.}$$

Enfin, pour rendre exploitable la masse de minerai ci-dessus, il restait à enlever au 1er janvier 1882 :
$$3,375 \times 375 = 1,265,625 \text{ mètres cubes.}$$

Le travail de déblai ayant été poussé avec une grande activité dans le courant de l'année 1882, le cube restant à enlever est de beaucoup au-dessous de ce chiffre.

Pour calculer la proportion de stérile enlevé, par tonne de minerai, il faut noter que dans les 2,578,125 mètres cubes de déblai effectué est compris le tonnage de tout le minerai extrait du *ciel ouvert* depuis l'origine des travaux jusqu'à la date indiquée, soit en chiffres ronds 4,750,000 tonnes qui représentent un million de mètres cubes.

Le déblai effectué, portant sur le stérile, est donc la différence entre le déblai total, soit 2,578,125 et le chiffre précédent, ou 1,578,125 mètres cubes. En ajoutant le déblai restant à faire on aura 2,843,760 mètres cubes, ou en chiffres ronds, trois millions de mètres cubes de stérile.

Pour avoir le rapport exact du stérile au minerai, on doit ajouter aux 4,750,000 tonnes enlevées jusqu'au 1er janvier, les 4,901,271 tonnes existantes à cette époque, ou ensemble 9,651,271. Par conséquent, on peut calculer *grosso modo* que *chaque mètre cube de stérile aura rendu accessible 3 tonnes de minerai*.

Or, le coût moyen du déblai dans tout le courant de l'année 1882 étant de 8 réaux 17 par mètre cube, il s'en suit que la tonne de minerai serait affectée du tiers de cette somme, soit 1 réal 72 = 0 fr. 43 c.

Nous avons porté à 1 franc par tonne l'amortissement de la dépense de ciel ouvert et des travaux au stérile, voulant dans tous nos calculs rester dans des approximations au-dessous de la réalité.

D.

Calcul détaillé des prix de revient.

Pour servir de terme de comparaison à nos propres évaluations, nous donnons ci-après divers prix de revient relatifs à l'extraction et au traitement.

1° Prix de revient d'après le Bulletin des ventes des biens nationaux publié par le gouvernement espagnol, page 13 :

Compte de l'exploitation et du traitement de 250,000 tonnes avec une loi de 1 1/2 0/0 de cuivre, en supposant le chemin de fer des mines à Huelva terminé et établi le travail à ciel ouvert.

		Par tonne. francs.	Par tonne. francs.
Exploitation	Main-d'œuvre.	1.3600	
	Poudre, papier et mèches . . .	0.2750	
	Outillage et wagons.	0.2900	
	Traction et animaux	0.2820	4.0170
	Frais généraux divers	0.9350	
	Excavation et déblaiement au stérile	0.8750	
Calcination	Combustible.	0.2500	
	Formation des tas.	0.4250	
	Transport des minerais calcinés.	0.1250	0.9025
	Entretien d'outillage.	0.0125	
	Journées d'administration . . .	0.0750	
	Effets de magasin.	0.0150	
	A reporter. . .		4.9195

$$\textit{Report} \quad . \quad . \quad . \quad . \quad 4.9195$$

Cémentation . $\left\{\begin{array}{l}\text{Fonte.} \ldots \ldots \ldots \ldots \ldots \quad 1.8700 \\ \text{Chargement et déchargement.} \ . \quad 0.5100 \\ \text{Divers} \ldots \ldots \ldots \ldots \ldots \quad 0.4500\end{array}\right\}$ 2.8300

$$\textsc{Total.} \ . \ . \ \text{Fr.} \quad 7.7495$$

2° *Prix de revient relevé par nous-même sur les livres de l'un de nos amis qui dirige dans la province d'Huelva une petite mine en pleine prospérité :*

	Réaux.	Réaux.

Exploitation. . $\left\{\begin{array}{l}\text{Abatage à ciel ouvert rapporté à la} \\ \quad \text{tonne de minerai.} \ldots \ldots \quad 1^r.15 \\ \text{Charge en wagons et transport à} \\ \quad 700 \text{ mètres par petit tramway à} \\ \quad \text{mulets avec pente de } 2 \ 1/2 \ 0/0 \quad 1.23 \\ \text{Épuisement des eaux de la mine} \\ \quad \text{(eau élevée à 35 mètres).} \ . \ . \ . \quad 0.30 \\ \text{Surveillance (capataz, etc.).} \ . \ . \ . \quad 0.06 \\ \text{Ateliers, réparations.} \ldots \ldots \quad 0.50 \\ \text{Matériel} \ldots \ldots \ldots \ldots \quad 1.33 \\ \text{Entretien des voies} \ldots \ldots \quad 0.13\end{array}\right\}$ 4^r.70

(Dans ce total n'est pas compris l'amortissement du ciel ouvert).

Grillage . . . $\left\{\begin{array}{l}\text{Déchargement et cassage du mi-} \\ \quad \text{nerai.} \ldots \ldots \ldots \ldots \quad 0^r.59 \\ \text{Confection des } \textit{teleras} \ldots \ldots \quad 1.78 \\ \text{Combustible } \textit{(monte-bajo)} \ldots \ldots \quad 0.60 \\ \text{Surveillance} \ldots \ldots \ldots \ldots \quad 0.06 \\ \text{Matériel (baquets, pelles, etc).} \ . \ . \quad 0.10 \\ \text{Ateliers, réparations d'outils} \ . \ . \ . \quad 0.40\end{array}\right\}$ 3^r 53

$$\textit{A reporter.} \ . \ . \quad 8^r.23$$

3

	Réaux.	Réaux.

Report.   8^r.23

Cémentation

Charge des bassins de lavage. . .   2^r.12
Dépense pour l'élévation de l'eau à
  35 mètres. 0.36
Déchargement des bassins 1.01
Nettoyage des bassins de cémen-
  tation. 0.85
Main-d'œuvre à la journée, surveil-
  lance, etc. 0.82

                            5.16

                                              13^r.39

(La fonte sera comptée ultérieurement.)

En ajoutant 3 réaux pour l'amortissement du ciel ouvert, on ar-
rive au total de 16 réaux 39 se rapportant à une tonne de minerai
exploité, grillé et cémenté, soit 4 fr. 10 c., à peu près égal à nos
évaluations pour Rio-Tinto.

D'après la teneur du minerai de cette petite exploitation on
admet qu'il faut 66 tonnes de minerai pour obtenir directement au
bout d'un an une tonne de cuivre pur.

Les frais détaillés ci-dessus, dont le total général est de 16 réaux 39
doivent donc être multipliés par 66.

          16.39 × 66 = ... réaux.   1.081 74
Séchage de la cascara, grillage, mise en sac, rappor-
  tés à la tonne de cuivre pur. 38 68
Surveillance et entretien des bassins 19 78
Frais généraux spéciaux de l'exploitation, du grillage
  et de la cémentation (réduits à leur plus simple
  expression). 120 72
Fonte 1.590 70
Divers 48 38

               TOTAL. . . . réaux.   2.900 »

Le prix de revient sur place de la tonne de cuivre pur est donc de 2,900 réaux soit 725 francs, au lieu de 700 francs évalué par nous pour Rio-Tinto.

Il y a lieu de remarquer que le prix de revient de la fonte est beaucoup plus élevé qu'à Rio, à cause de la longueur et de la difficulté des transports. — Le transport de la cascara du lieu de production à Huelva est grevé de 285 réaux soit 71 fr. 25 c. par tonne de cuivre à cause de ces mêmes difficultés.

3° Prix de revient dressé par un de nos amis, ingénieur en chef du gouvernement espagnol, pour un projet d'exploitation souterraine d'un gisement analogue au précédent :

		Réaux.	Réaux.
Exploitation souterraine.	Main-d'œuvre rapportée à la tonne de minerai	7ʳ.30	9ʳ.38
	Outils	0.96	
	Poudre.	0.88	
	Mèches papier.	0.24	
Transport souterrain. . .	Charge des wagons depuis 15 mètres de distance.	0.75	1.19
	Transport moyen, voies horizontales	0.44	
Soutènement..	Soutènement, main-d'œuvre . . .	0.20	1 »
	Matériaux.	0.80	
Extraction par puits de 50 m.	Charbon, machines	0.63	0.88
	Main-d'œuvre.	0.20	
	Huile, étoupes, etc	0.05	
	A reporter		12.45

		Réaux.	Réaux.
	Report. . . .		12.45

		Réaux.	Réaux.
Rémblais. . .	Excavation de remblais, 10 réaux le mètre cube, ce qui correspond pour la tonne de minerai à . .	1.43	
	Chargement des wagons, $\frac{1}{7}$ mètre cube.	0.20	2.73
	Transport horizontal à 200 mètres.	0.19	
	Mise en place des remblais. . . .	0.91	
Épuisement. .	Charbon pour l'extraction de 3 litres d'eau par seconde, 50 mètres de profondeur, correspondant à l'extraction de 50,000 tonnes . . .	0.81	1.07
	Main-d'œuvre.	0.26	
Imprévu			1.75
	Total . réaux.		18 »

Le prix de revient de la tonne de minerai, extrait soutérrainement avec remblayage du gîte, est donc évalué à 18 réaux, soit 4 fr. 50 c. Nous l'avons porté au même prix dans nos calculs, quoique le perfectionnement des installations et l'amplitude de l'extraction nous eussent permis de réduire ce chiffre pour Rio-Tinto.

4° Calcul du prix de revient de la tonne de matte obtenue par la fusion des minerais du San Dionisio.

Composition du lit de fusion :

7 tonnes minerai siliceux à 2,5 0/0, à 4 fr. 50 c.	Fr.	31.50	
14 tonnes minerai grillé riche, à 7 0/0, à 5 fr. . . .		70 »	
4 tonnes scories espagnoles, à 1 1/2, à 2 fr.. . . .		8 »	
	Total. . . . Fr.	109.50	

25 tonnes lit de fusion produisant 2ᵗ,75 matte, de 38 à 40 0/0 de cuivre.

Prix de revient de la tonne de matte :

25 tonnes lit de fusion . . . . Fr.	109.50
Main-d'œuvre.	33 »
6ᵗ,250 coke, à 35 fr.	218.90
Usure des outils, réparation et divers.	10.60
Fr.	372 »
Pour 2ᵗ,75 de matte, soit pour une tonne. . . . .Fr.	135 »
Transport à Huelva	2.50
Transport en Angleterre	17.50
Fr.	155 »
Prix de vente, 39 unités à 10 sh	487.50
Bénéfice brut par tonne de matte. . . . Fr.	332.50

Soit un bénéfice brut par tonne de minerai de 43 fr. 65 c.

E

Théorie du nouveau procédé sans calcination. — Brevet Dœtsch.

La production du cuivre par voie humide permet d'utiliser sans grillage des minerais dont la teneur moyenne est d'environ 2.68 %

Le procédé d'extraction de ce métal est basé sur un certain nombre de réactions chimiques et comprend trois opérations.

1° Dissolution du cuivre des pyrites dans une liqueur de perchlorure de fer ;

2° Précipitation par le fer ou la fonte du cuivre contenu dans les dissolutions ;

3° Revivification de la liqueur de perchlorure.

§ 1.

Dissolution du cuivre des pyrites dans la liqueur de perchlorure :

A. *Théorie de l'opération* — Le cuivre existe dans le minerai à l'état de bisulfure CuS et de protosulfure Cu^2S.

En présence du perchlorure de fer, ces deux composés donnent lieu aux réactions suivantes :

$$Cu\,S + Fe^2\,cl^3 = 2\,Fe\,cl + Cu\,cl + S$$
$$Cu^2\,S + Fe^2\,cl^3 = 2\,Fe\,cl + Cu\,cl^2 + S$$

Et ce qui fait le succès de l'opération, c'est que le perchlorure de fer, en dissolution étendue, attaque la pyrite cuivreuse ou le sulfure de cuivre de préférence à la pyrite de fer, qui, dans les conditions de la pratique, reste à peu près inaltérée.

Au lieu de perchlorure de fer, on emploie une dissolution de sulfate de peroxyde de fer et de sel marin qui, par double décomposition produit, comme on sait, du sulfate de soude et du perchlorure de fer. La présence du sel alcalin a l'avantage de faciliter les réactions.

B. *Application.* — La liqueur de perchlorure est distribuée uniformément par des plateformes disposées au-dessus des tas. Des cheminées verticales et des canaux horizontaux, construits en pierre sèche, permettent la circulation de l'air dans le tas. Après sa circulation dans l'intérieur, l'eau passe dans un bassin où elle se clarifie et se rend ensuite dans les bassins de précipitation.

Le minerai, lors de la construction du tas, est mélangé de 0,50 0/0 de sel marin et d'une proportion égale de sulfate de peroxyde de fer; la hauteur des tas varie de 4 à 5 mètres.

C. *Résultats.* — Avec un arrosage méthodique, les minerais contenant 2,68 0/0 de cuivre, d'après la moyenne indiquée, ont rendu 50 0/0 de leur cuivre au bout de 4 mois, soit 1,34 0/0; au bout de deux ans on retire 2,20 de cuivre sur les 2,68 0/0 contenus. Comme terme de comparaison on doit se rappeler qu'on n'obtient au bout du même temps, soit deux ans, qu'un rendement de 1.10 0/0 par l'ancien procédé de grillage à l'air et de lixiviation à l'eau pure.

Avec la modification indiquée dans les notes et une digestion préalable dans la liqueur on obtiendra, pour la même teneur, de 0,32 0/0 à 0,50 0/0 de cuivre, dans une dizaine de jours; comme la réaction ultérieure sera facilitée par l'imbibition régulière de tous les fragments, il est probable que le rendement par lavage sera augmenté et qu'en tous cas la durée de la récupération à peu près totale du cuivre sera pratiquement abaissée à moins de deux ans.

Le degré de saturation des eaux à la sortie du tas est de 5 à 7 kilos de cuivre au mètre cube.

§ 2.

Précipitation.

A. Théorie. — Les chlorures de cuivre dissous sont mis en présence de fer métallique ou de fonte qui précipite le cuivre par suite des réactions :

$$Cu\ cl + Fe = Cu + Fe\ cl$$
$$Cu^2cl + Fe = 2\ Cu + Fe\ cl$$

Comme les liqueurs contiennent presque exclusivement du protochlorure de cuivre Cu^2cl et qu'on voit qu'un seul équivalent de fer précipite deux équivalents de cuivre, il est facile de comprendre que la consommation en fonte, l'un des gros éléments du prix de revient, soit très réduite.

Un relevé portant sur une série de deux ans établit exactement que la consommation de fonte est de 1,12 de fonte pour 1 de cuivre, tandis que dans l'ancien procédé elle variait de 1,56 à 1,70 de fonte pour 1 de cuivre.

B. Application. La liqueur cuivreuse provenant des tas passe dans de longs bassins où elle traverse successivement de haut en bas et de bas en haut des piles de gueuses de fontes ou de vieux rails. Les bassins sont construits en briques et revêtus soit d'un enduit de plâtre et d'asphalte, soit de ciment de Portland. Ces bassins ont une profondeur de 75 centimètres, une largeur de 2 mètres et offrent un circuit d'une longueur considérable. Au bout de 4 à 5 jours le courant d'eau est arrêté dans une série de bassins pour permettre le nettoyage des gueuses qui sont râclées au-dessus de paniers en sparte pour enlever le cuivre de cément.

C. Produits. On produit ainsi du cuivre de cément qui tient de 80 à 85 0/0 de cuivre. Des boues cuivreuses de moindre teneur sont recueillies dans les derniers bassins sous le nom de *Papuchas* qui sont passées au four à manche. L'eau est appauvrie et ne contient plus que 20 grammes de cuivre au mètre cube.

§ 3.

Revivification de la liqueur de perchlorure de fer.

A. Théorie. Ainsi qu'on l'a vu par les formules ci-dessus, la liqueur de perchlorure est ramenée tout entière à l'état de protochlorure par son action sur les sulfures et, dans la pratique, l'action réductrice des sulfures est complétée par l'action du fer métallique lui-même sur la liqueur ferrique non ramenée au minimum par son passage à travers le tas, de telle sorte que pour que l'action de lessivage et de décomposition puisse être continue, il faut revivifier le perchlorure de fer. Ce résultat est obtenu au moyen d'un courant de chlore.

La formule indiquant la réaction est :

$$2 \text{ Fe cl} + \text{cl} = \text{Fe}^2 \text{ cl}^3$$

Le chlore est produit par la réaction à chaud et en présence d'un excès d'air du sel marin sur les sulfates de fer d'après les formules :

$$2 \text{ So}^3 \text{ Fe o} + 2 \text{ Cl Na} + 3 \text{ O} = \text{Fe}^2 \text{ o}^3 + 2 \text{ So}^3 \text{ Na o} + \text{Cl}$$
$$3 \text{ So}^3 \text{ Fe}^2 \text{ o}^3 + 3 \text{ Cl Na} + 3 \text{ O} = \text{Fe}^2 \text{ o}^3 + 3 \text{ So}^3 \text{ Na o} + 3 \text{ Cl}$$

B. Application — On emploie pour réaliser cette réaction soit le sulfate de protoxyde de fer recueilli sur les bords de la rivière de Rio-Tinto, soit le sulfate de peroxyde de fer qui, par une action chimique lente, un mouvement moléculaire particulier, s'est concentré dans certaines parties des vieux tas espagnols.

Les mélanges de sels sont calcinés dans un four à réverbère à trois portes; le pont est traversé, en outre, par un courant d'air qui, se mélangeant au gaz de la combustion, rend l'atmosphère très oxydante. On charge à la fois 100 kilos de sel et à peu près autant de sulfate. Pour éviter la production d'acide chlorhydrique et transformer

4

en chlore celui qui pourrait se produire, on charge à la partie postérieure une certaine quantité d'oxyde de manganèse dont il existe des gisements assez considérables sur le territoire de la Compagnie, et qui se rencontre notamment à quelques pas de l'ancienne fabrique de Los Planes où sont installés les nouveaux agencements du procédé.

Les gaz sortant du four montent dans une tour au sommet de laquelle les eaux ferreuses sont pompées et retombent en cascade à travers des obstacles *en chicane* formés par de simples pièces de bois. Le chlore est totalement absorbé et les eaux ont leurs sels ferreux transformés en sels ferriques ainsi qu'il a été expliqué.

Les pompes étaient autrefois construites avec un bronze presque inattaquable, composé de 80 parties de cuivre, 15 de plomb et 5 d'étain. On leur a substitué les pompes à revêtement de caoutchouc durci qui fonctionnent parfaitement. Les soupapes, d'invention américaine, sont très ingénieuses et utilisent en même temps que l'inaltérabilité du caoutchouc durci, la souplesse du caoutchouc vulcanisé ordinaire.

§ 4.

Considérations économiques.

Le prix de revient suivant a été établi d'après les résultats d'une campagne de quatre mois dans laquelle on avait produit 224 tonnes de cuivre de cément.

Pour une tonne cuivre de cément à la teneur de 85 0/0 de cuivre pur :

Frais spéciaux.

Dissolution .
{
Sel marin pour chlore et mélange 0ᵏ62 à 68 francs 17.06
Sel de fer 0ᵗ·20 à 12 francs. . . 3 »
Charbon, pompe, main-d'œuvre. . 63.75
}
83.81

Précipitation.	Fer consommé 1ᵗ 12 . . . . . . 104 »		181.16
	Main-d'œuvre . . . . 77 »		
Frais géné-raux	Matériaux. 5.25		28.04
	Réparation des bassins. 11.87		
	Transport des matériaux, machines. 4		
	Entretien des voies 1.20		
	Salaires et maisons des employés. 5.72		

Total des frais de traitement. 293.01

Soit pour une tonne de cuivre pur. . . . . . . Fr.   345

Le rendement, au bout de quatre mois étant de 1,34 0/0 de cuivre, il faut compter que pour obtenir une tonne de cuivre pur on aura employé 75 tonnes de minerai.

Emploi de 75 tonnes de minerai à 4 francs. . . . Fr.   300 »
Frais de traitement ci-dessus à 345 francs la tonne . . . 345 »
Transport à Huelva et en Angleterre et frais divers.. .   30 »
TOTAL. . . . Fr.   675 »

Les 75 tonnes de minerai ci-dessus employées et qui ont donné, au bout de quatre mois, une tonne de cuivre pur, auront fourni au bout de deux ans, d'après ce qui a été dit plus haut, 1ᵗ 650 de cuivre, et pour 0ᵗ 650 complémentaires on ne doit plus compter que le coût du traitement soit $345 \times 0.650 = 224$ fr. 25 c. plus le transport $30 \times 0,650 = 19$ fr. 50 c.

En additionnant les prix partiels on voit qu'au bout de deux ans on aura réalisé 1ᵗ 65 de cuivre au prix de 918 fr. 75 c., ou par tonne 550 francs en chiffres ronds, soit 22 livres sterling, laissant d'après l'hypothèse du cours moyen de 65 livres sterling, *un bénéfice brut de 43 livres*.

Si l'on compare ces chiffres avec ceux qui ont été donnés dans les notes précédentes, on voit que l'avantage du nouveau procédé est manifeste.

Nous n'en avons pas tenu compte dans nos évaluations générales pour rester toujours au-dessous de la réalité.

F

Divers.

Nous n'avons pu embrasser dans nos notes tous les détails de la vaste organisation de Rio-Tinto ; elles ne seraient pourtant pas complètes si nous ne disions quelques mots des mesures prises par la Compagnie pour assurer le logement, l'entretien et la tranquillité de la population ouvrière qui comprend environ 50,000 personnes, en comptant les familles des 13,000 travailleurs employés sur les chantiers.

L'ancien village de Rio-Tinto, la nouvelle agglomération des mines de Rio-Tinto, dont la moitié des habitations appartiennent en propre à la Compagnie, deux villages récemment construits par elle, l'un du côté du filon du Nord, dans le territoire de *la Dehesa*, l'autre vers le Sud et à proximité du chemin de fer, forment les centres principaux d'habitation. Il faut y ajouter les nombreuses excavations romaines, à flanc de coteau, simplement murées et munies d'une porte grossière qui ne surprennent plus le voyageur habitué à rencontrer en Andalousie des villages entiers de *Gitanos* logés d'une façon aussi primitive.

Un marché bien approvisionné se tient tous les jours sur la grande place du village des mines ; enfin la Compagnie a organisé un vaste *magasin général* où sont reçus en paiement les chèques délivrés aux ouvriers par les divers *départements* ou services. Cette organisation, à elle seule, mériterait une description complète mais qui nous entraînerait hors du cadre que nous nous sommes tracé ;

il nous semblait retrouver dans ce coin de l'Espagne ces vastes magasins du *Far-West* américain où le mineur se procure à la fois, non seulement tous les approvisionnements nécessaires à sa subsistance et à celle de ses animaux, mais encore tous les objets d'habillement et de mobilier, et jusqu'aux parures des femmes.

On ne trouve pas à Rio-Tinto ces établissements de luxe ou de débauche qu'on rencontre à chaque pas aux États-Unis, dans ces villes prodigieuses qui surgissent comme par enchantement dans les nouveaux districts miniers ; la population continue ses traditions de sobriété et de travail tranquille, et le *revolver* ne joue aucun rôle dans la paisible cité. La Compagnie a le privilège d'entretenir un petit corps de gardes armés, vieux soldats espagnols, portant un uniforme aux couleurs de la Compagnie, mais ils n'ont guère qu'un service d'honneur, tant est complète l'entente entre la population ouvrière et la petite colonie anglaise qui la dirige.

Les maisons d'écoles et les hôpitaux, construits et entretenus par la Compagnie témoignent de sa sollicitude. Même aux temps troublés que l'Espagne a traversés, elle a su éviter tout désordre ; l'organisation du travail à l'entreprise est admirablement réglée : chaque nouveau travail est mis à l'adjudication à un prix déterminé par les études, et des groupes d'ouvriers, ayant un chef responsable font leur soumission au rabais.

La bureaucratie, ce fléau des administrations françaises, est inconnue à Rio-Tinto : Un directeur général contrôle tous les services qui ont simplement chacun à leur tête un *chef de département* et un *assistant*. Les départements sont les suivants : *Ciel Ouvert*, *Contre-Mine* ou travaux souterrains, *Cémentation*, *Nouveau Procédé*, *Voies ferrées*, *Constructions*, *Ateliers de construction d'Huelva*, *Bureaux des plans* et *Laboratoire*, ces deux derniers seuls, en raison de la nature de leurs travaux, ont des employés spéciaux en assez grand nombre.

Le laboratoire, en particulier, occupe une dizaine de personnes qui ont à effectuer, en moyenne, trois cents essais ou analyses par semaine. Tous les agents inférieurs, conducteurs de travaux, etc., sont Espagnols.

Les rouages administratifs sont d'une extrême simplicité, mais ils sont si bien coordonnés, que malgré la multiplicité des détails, l'Administration centrale à Londres est constamment en mesure de se rendre un compte exact de la situation de la vaste entreprise que nous avons essayé de mieux faire connaître.

E. C.

IMPRIMERIE CENTRALE DES CHEMINS DE FER. — IMPRIMERIE CHAIX. — RUE BERGÈRE, 20, PARIS. — 4853-3.

CARTE Géologique des environs de RIO TINTO

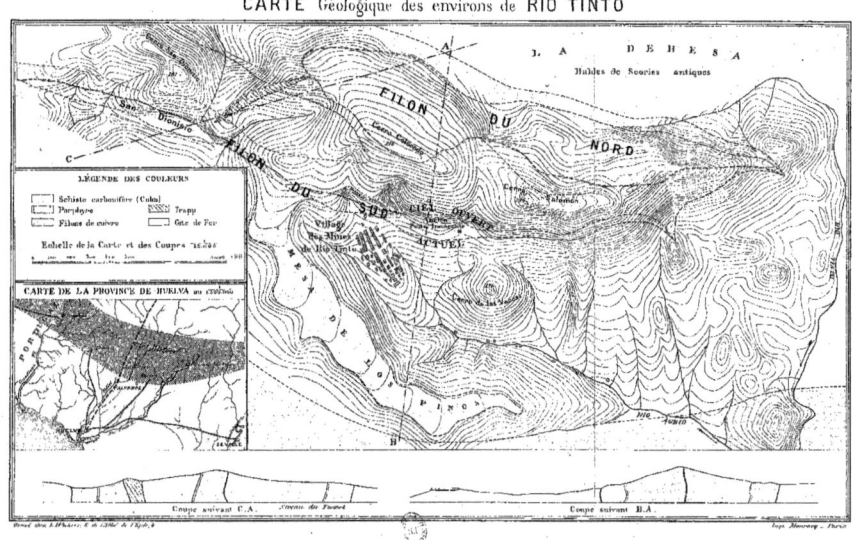

Coupes du Grand Ciel ouvert de Rio Tinto.

au 1ᵉʳ Janvier 1882.

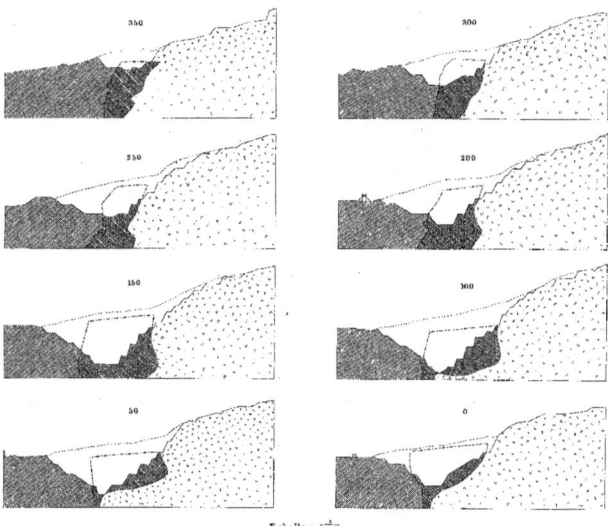

Echelle : 0ᵐ000

Grand chez J. Wuhrer, 2 du l'Abbe de l'Épée 4.

Imp. Monrocq, Paris

www.ingramcontent.com/pod-product-compliance
Lightning Source LLC
Chambersburg PA
CBHW060854180626
46818CB00004B/1694